Adaptation de Jenny Markas

D'après le scénario de Mark E. Turosz

Texte français de France Gladu

Éditions

■ SCHOLASTIC

ISBN-13 978-0-439-96217-9
ISBN-10 0-439-96217-X
Titre original : Scooby-Doo! and the Legend of the Vampire.

Conception graphique de Louise Bova
Un merci tout particulier à Duendes del Sur
pour les illustrations de l'intérieur

Édition publiée par les Éditions Scholastic,
604, rue King Ouest, Toronto (Ontario) M5V 1E1.

6 5 4 3 2   Imprimé au Canada   07 08 09 10 11

Pour Holly

Chapitre 1

— **S**uper! Ça va être nos plus belles vacances! s'exclame Sammy en dévorant des yeux un impressionnant buffet.

Dinde, jambon, poulet frit, homard, crevettes, tartes, gâteaux, assortiment de biscuits : rien ne manque!

— R'as raison! dit Scooby, qui se lèche les babines.

Scooby et ses amis font route vers le sud. Ils vont en Australie, au pays des koalas, des kangourous et des plages extraordinaires. Et les vacances sont déjà commencées, puisque le groupe se trouve à bord d'un gigantesque paquebot de croisière.

Pendant que Scooby et Sammy s'empiffrent, Daphné monte sur le tremplin, effectue quelques rebonds, puis s'élance telle une bombe dans la piscine. L'eau gicle de tous côtés et trempe complètement le jeu de galets sur lequel Véra et Fred sont justement en train de disputer une partie.

— Très réussi, ce plongeon, Daphné! ironise Véra.

— À qui le dis-tu! ajoute Fred en tordant sa chemise.

Sammy emporte une imposante pile de sandwiches jusqu'à la table devant laquelle Scooby se trouve assis.

Scooby baisse les yeux vers sa petite pizza et lorgne avec jalousie l'assiette de son ami. Puis il lui vient une idée.

Il lance sa pizza dans les airs comme s'il s'agissait d'un boomerang. La pizza vole près de Sammy, ramasse au passage tous ses sandwiches et revient vers Scooby, qui engloutit le tout en une fraction de seconde.

— Dis donc! s'indigne Sammy.

Scooby pouffe de rire.

— Hé, venez voir! s'écrie soudain Véra, accoudée à la rambarde.

Ses amis s'empressent de la rejoindre et d'observer l'horizon.

— Voilà le port de Sydney, annonce Véra en pointant du doigt une ville magnifique qui borde une large baie.

— Formidable! dit Fred. Nous voici enfin en Australie.

— Je sens que nous allons passer des vacances extraordinaires! s'exclame Daphné.

— R'ouais! acquiesce Scooby.

Le paquebot entre au port et s'approche d'un long quai. Pendant qu'on abaisse la passerelle, le groupe se prépare à mettre pied à terre.

— Mais les vacances ne seraient pas dignes de ce nom sans la Machine à mystères, déclare Fred non sans fierté, alors qu'on descend la fourgonnette multicolore sur le quai.

L'équipe s'apprête donc à passer de magnifiques vacances en Australie.

Chapitre 2

Daniel Illiwara et son grand-père Malcolm observent des ouvriers qui s'emploient à installer des projecteurs et des amplificateurs sur une grande scène extérieure. Sur une bannière colorée suspendue au-dessus de la scène, on peut lire *Festival de musique du roc du Vampire*. Derrière cette construction, une énorme formation rocheuse surgit du sol poussiéreux et sans relief qui l'entoure. L'endroit, qu'on appelle le roc du Vampire, ressemble à une étrange et gigantesque bête assise, le dos courbé, au beau milieu de cette terre plate et broussailleuse qui forme l'arrière-pays.

— Juste un peu plus à gauche, crie Daniel en adressant un signe de la main à un ouvrier qui règle la position d'un projecteur. Là, c'est parfait!

Daniel consulte ses notes. Il ne faut négliger aucun détail lorsqu'on organise un concert!

Malcolm secoue la tête. Le vieil homme à la maigre silhouette est fier de son héritage aborigène. Il croit à toutes les légendes qui donnent froid dans le dos et aux récits anciens de son peuple sur les événements étranges qui surviennent parfois dans l'arrière-pays.

— Je te préviens, dit-il à son petit-fils, ce n'est pas une bonne idée de présenter ce concert.

— Ne t'inquiète pas, grand-père. Tout va bien se passer, répond Daniel en entourant de son bras les épaules de Malcolm. Viens, nous sommes prêts pour les essais sonores de Matt le Merveilleux. Tu vas l'adorer.

Malcolm n'en a pas l'air si sûr. Il lève la tête vers le jeune rocker américain qui se trouve sur la scène, vêtu d'un pantalon de cuir et d'une chemise de velours à volants. La longue chevelure brune de Matt le Merveilleux vole au vent pendant qu'il gratte sa guitare électrique. Soudain, le musicien se lance dans un solo de guitare déchaîné. Tous les ouvriers s'arrêtent pour le regarder et l'écouter. Daniel est très impressionné, lui aussi.

— Tu vois, dit-il à son grand-père, ça, c'est un vrai chanteur rock!

— Puisque tu le dis, répond Malcolm, qui semble en douter.

Le vieil homme paraît d'ailleurs souffrir d'un vague mal de tête.

— S'il est finaliste au concours, c'est qu'il est génial! ajoute Daniel en dansant.

C'est alors qu'un nuage de fumée sombre commence à se former au-dessus de la scène.

— Mais qu'est-ce que…? commence Daniel, qui regarde la fumée descendre sur la scène.

Un courant électrique jaillit tout à coup de la fumée, fonce vers Matt le Merveilleux et l'enveloppe.

— Que... que se passe-t-il? bégaie le chanteur.

Il essaie de fuir, mais le courant électrique l'entoure et le soulève dans les airs vers une gigantesque silhouette haute d'une trentaine de mètres.

— Lâchez-moi! hurle Matt.

Mais la créature s'empare du musicien en gloussant méchamment. Puis, aussi rapidement qu'elle est apparue, elle disparaît... avec Matt.

Malcolm s'avance derrière son petit-fils. Ils restent là, tous les deux, à regarder le ciel sombre et enfumé. Le grand-père secoue la tête.

— La légende du vampire disait donc vrai.

Chapitre 3

Pendant ce temps-là, à Sydney, Scooby et le groupe font connaissance avec la plus grande ville d'Australie. Après s'être promenés et avoir fait des courses, ils se rendent à Bondi Beach, la plage de Sydney la plus à la mode. Fred prépare des hamburgers sur le gril pendant que Véra parcourt son guide touristique, bien installée dans une chaise longue. Elle a revêtu son habituel col roulé, afin de se protéger du chaud soleil australien. Sammy et Scooby font du surf dans les magnifiques vagues bleues… jusqu'à ce qu'un requin les prenne en chasse! Pendant ce temps, Daphné bavarde avec des sauveteurs plutôt mignons. Son bikini mauve et vert lui va vraiment bien.

Lorsque le repas est prêt, le groupe se rassemble pour manger. Véra, qui a toujours le nez dans son guide touristique, demande soudain à ses amis :

— Que diriez-vous d'aller explorer l'arrière-pays?

— R'arrière-r'ays? demande Scooby en échangeant un regard interrogateur avec Sammy.

— Mais oui, dit Fred. Il n'y a pas que des plages, en

Australie. L'arrière-pays est la partie sauvage qui se trouve à l'intérieur du territoire.

— Je sais ce que c'est, l'arrière-pays, répond Sammy. Et je ne tiens pas à me balader parmi des arbres et de la poussière à perte de vue.

— Voyons, Sammy! dit Daphné. Il y a sûrement bien d'autres choses à voir dans l'arrière-pays.

Véra montre son appareil photo Polaroïd.

— Et j'ai dix-sept rouleaux de film pour tout immortaliser! précise-t-elle.

Fred regarde du côté de la promenade, où il vient d'apercevoir un grand panneau publicitaire.

— Que dirais-tu si tu pouvais entendre de la super musique pendant que tu y étais? demande-t-il à Sammy. Le Festival de musique du roc du Vampire a justement lieu, ces jours-ci.

Il pointe le panneau du doigt.

— Ça me semble génial, Fred! s'exclame Daphné.

Sammy et Scooby se regardent.

— Vampire? demande Sammy.

— R'ampire? reprend Scooby.

Véra consulte son guide.

— Le roc du Vampire se trouve juste au centre de l'Australie, dit-elle. Ce serait l'occasion de découvrir une bonne partie de l'arrière-pays.

Véra déborde d'enthousiasme, mais Sammy secoue la tête.

— Scooby et moi, on ne pense pas que ce soit une

bonne idée d'aller dans un endroit qui s'appelle le roc du Vampire, dit-il. Ça va nous attirer des ennuis.

— R'ouais. R'es r'ennuis, ajoute Scooby en secouant la tête, lui aussi.

— Mais c'est seulement le nom du lieu! insiste Fred.

— Les vampires, ça n'existe pas! ajoute Véra en souriant.

— Je suis sûre qu'on doit trouver des étalages en tout genre, dans un festival de cette importance, dit Daphné d'un air songeur.

— Hamburgers, hot dogs, crème glacée, maïs soufflé… et peut-être aussi quelques spécialités de la région, s'enthousiasme Sammy.

— Je savais que vous étiez de véritables amateurs de musique! ironise Fred, les yeux au ciel.

Sammy et Scooby échangent un regard. Puis Sammy hausse les épaules.

— Bof! Après tout, on n'a jamais entendu parler de vampires australiens, admet-il.

Chapitre 4

Au roc du Vampire, Russell, l'associé de Daniel, discute avec Jasper Ridgeway, l'agent d'un des orchestres qui participent au festival. Russell, un gars super décontracté, a collaboré à l'organisation du tout premier Festival du roc du Vampire. Jasper se trouvait, lui aussi, à ce premier festival, en qualité d'agent du groupe Wildwind. Il est en train d'insister pour que Russell accorde plus de temps de scène aux Mauvais Présages, un groupe gothique dont il s'occupe maintenant.

— Pour la dernière fois, dit Russell, chacun des participants obtient trois minutes.

— Mais la meilleure chanson des Mauvais Présages dure *cinq* minutes, se lamente Jasper.

— Le règlement est le règlement, répond Russell en croisant les bras.

— Est-ce qu'on ne pourrait pas contourner le règlement pour un groupe de jeunes gens aussi exceptionnels? supplie Jasper.

Russell jette un œil sur les Mauvais Présages, qui

traînent leur carcasse non loin de là. Tous trois sont vêtus de noir de la tête aux pieds. King, le chanteur, semble impatient.

— J'espère au moins que c'est important, grogne-t-il. J'ai des « piercings » à faire.

Jack, le batteur, fixe un miroir qu'il tient devant son nez.

— Et moi, j'essaie de trouver une nouvelle teinte de maquillage pour les yeux, ajoute-t-il.

Queen, la bassiste, se contente de mâcher sa gomme et de faire des bulles. Les Mauvais Présages n'ont pas vraiment l'air de jeunes gens exceptionnels.

— Qu'est-ce que vous disiez? demande Russell à Jasper.

— Voyons, Russell, supplie Jasper. Maintenant que Matt le Merveilleux n'est plus là, il est évident que les Mauvais Présages sont les meilleurs. Pourquoi ne pas les déclarer vainqueurs tout de suite?

King, Queen et Jack semblent trouver que c'est une excellente idée. Mais Russell n'est pas de cet avis.

— Jasper, fichez-moi le camp ou les Mauvais Présages ne feront même pas de numéro, dit-il.

Jasper ne se laisse pas impressionner.

— Vous commettez une grave erreur, Russell. Rien ne m'obligeait à revenir ici, surtout après ce qui est arrivé à Wildwind, l'année dernière. Mais je suis de retour et j'ai bien l'intention de voir mon groupe gagner, cette fois.

Russell le regarde droit dans les yeux.

— Je vous préviens… dit-il.

Jasper se contente de grogner et retourne vers les Mauvais Présages.

— Allons-nous-en d'ici, leur dit-il.

Ils quittent la scène en passant, la tête haute, devant Daniel.

Daniel rejoint Russell.

— Jasper ne se remettra jamais de ce qui est arrivé à Wildwind, dit Daniel en secouant la tête.

Russell et lui tournent les yeux vers une immense affiche de Wildwind en spectacle au festival de l'année précédente.

— Même s'il y a maintenant un an que les membres du groupe ont disparu, ajoute-t-il.

— Selon ce que tu m'as raconté à propos d'hier soir, ils pourraient bien être de retour, dit Russell. Les membres de Wildwind ont peut-être vraiment été transformés en vampires.

— Mais voyons, ce n'est qu'une légende locale, dit Daniel.

— Alors, qu'est-il arrivé à Matt le Merveilleux, selon toi, hein? demande Russell. Tu as vu les vampires de tes propres yeux.

Daniel fronce les sourcils.

— Je ne sais pas ce que j'ai vu, Russell, dit-il.

— Eh bien, l'équipe technique a passé le roc du Vampire au crible et personne n'a trouvé la moindre trace, ni de Matt, ni des vampires.

Daniel se tourne vers les énormes rochers qui

dominent le paysage aride. Il tressaille, comme si un frisson lui parcourait le dos.

— Grand-père a peut-être raison, murmure-t-il. Nous devrions peut-être reporter le festival.

Russell regarde fixement les rochers, lui aussi. L'inquiétude se lit dans ses yeux.

— Pas question, dit-il. Nous avons travaillé trop dur tous les deux pour abandonner maintenant, Daniel.

— Je sais, dit Daniel. Il faut continuer malgré tout. Mais cet enlèvement m'inquiète, Russell. Et beaucoup, même.

Les deux associés restent là, en silence, devant les rochers.

Chapitre 5

Pendant que Fred conduit la Machine à mystères dans les vastes étendues de l'arrière-pays, Sammy regarde par la fenêtre en soupirant.

— C'est comme je le disais : rien d'autre que de la poussière et des arbres, se lamente-t-il.

Véra n'est pas d'accord.

— Tu vas être étonné, Sammy, lui dit-elle. L'arrière-pays grouille de vie.

— Je le croirai quand je l'aurai vu, répond Sammy.

Et de fait, alors que la fourgonnette s'approche du cœur de l'Australie, les amis aperçoivent des choses étonnantes. Lorsqu'ils s'arrêtent pour pique-niquer, un perroquet à queue rouge vient chiper un Scooby Snax directement dans la patte de Scooby. Sammy et Scooby participent à une compétition de sauts avec des kangourous. Plus tard, une couleuvre tachetée, brune et glissante, terrorise Scooby lorsqu'elle s'enroule autour du ballon de football que se lance le groupe. Scooby est ensuite poursuivi par des chats sauvages qui cherchent à l'éloigner d'un ruisseau où il est allé boire. Puis un gros lézard barbu tire la langue aux voyageurs. Enfin, des émeus, ces grands oiseaux dépourvus d'ailes, foncent au galop sur Sammy et Scooby, qui courent se réfugier dans la fourgonnette. Quel périple!

Finalement, juste à la tombée de la nuit, Fred prend le virage où un panneau annonce le roc du Vampire. Lorsqu'ils aperçoivent les énormes rochers, les amis en ont le souffle coupé.

— Voilà. Nous sommes devant le roc du Vampire, annonce Véra.

— Génial! s'écrie Fred.

— Spectaculaire! ajoute Daphné.

Véra ouvre son portable et appuie sur quelques touches. Une image du roc du Vampire paraît bientôt à l'écran.

— On dit que les gens de la région ont baptisé ces rochers *roc du Vampire* parce qu'ils croient que le Yowie Yahoo vit ici, dans des grottes, lit Véra.

Daphné ne semble pas comprendre.

— Le Yowie Yahoo? demande-t-elle.

Véra hoche la tête :

— C'est un vampire australien qui existe depuis la nuit des temps, explique-t-elle.

Sammy en reste bouche bée.

— Aïe! dit-il. Nous nous sommes trompés, Scoob. Un vampire australien, ça existe!

Véra appuie sur une autre touche et l'imprimante installée à ses côtés se met à l'œuvre. L'instant d'après, l'appareil crache une photo couleur du Yowie Yahoo. La terrifiante créature, haute de plusieurs mètres, est remarquablement musclée. D'aspect plutôt humain, elle possède toutefois des yeux d'un rouge incandescent, des crocs luisants et une peau d'un blanc laiteux.

Sammy saisit la photo et la montre à Scooby.

— La prochaine fois que j'accepterai de me rendre à un endroit qui porte le nom d'un vampire, je veux que tu me rendes un service, Scoob. Empêche-moi d'y aller!

Il fait déjà nuit lorsque la Machine à mystères arrive à l'endroit où doit se dérouler le concert. Le lieu est désert.

— Est-ce bien ici? demande Daphné.

— Mais oui, dit Fred. Nous y sommes.

Le groupe quitte la fourgonnette et se dirige vers le terrain de camping. Scooby ferme la marche, mais il se retourne en entendant un grognement dans les buissons… Des yeux flamboyants le fixent! Il saisit le bras de Sammy et lui indique les buissons.

— Qu'est-ce qu'il y a, Scoob? demande Sammy.

Il regarde dans la direction des buissons, mais ne voit rien.

— D'accord, c'est très drôle. Tu as bien failli me faire marcher!

Mais aussitôt que Sammy se retourne, le Yowie Yahoo émerge des buissons. Il est plus grand que les arbres et deux fois plus terrifiant que sur la photo! Scooby s'enfuit aussi rapidement qu'il le peut et saute sur les épaules de Sammy.

— Bon, qu'est-ce que c'est, encore? s'impatiente Sammy.

Puis il voit, lui aussi, l'effrayante silhouette.

— Aïe! C'est le Yowie Yahoo!

— Où? demande Fred.

— Je vous l'ai déjà dit : les vampires n'existent pas, rappelle Véra.

— Alors c'est quoi, ces bruits? interroge Sammy.

Les amis tendent l'oreille. Ils sentent une présence. Des pas... des petites branches qui craquent... des froissements de feuilles...

— Je ne veux pas entendre ces bruits, dit Sammy, l'air effrayé.

— R'oi r'on plus! ajoute Scooby en sautant dans les bras de Sammy.

— Je ne sais pas ce que c'est, mais ça se rapproche, dit Fred.

— Fais quelque chose, Fred! s'écrie Daphné.

Fred dirige sa lampe de poche vers les arbres. Deux yeux rouges les dévisagent, éclairés par le faisceau lumineux.

— Malheur! C'est le vampire! crie Sammy.

Il laisse tomber Scooby. Mais juste à ce moment, des hurlements se font entendre, provenant d'une autre direction. Les amis se retournent pour voir de quoi il s'agit.

Non loin de là, sur une falaise rocheuse, trois dingos les observent de leurs yeux verdâtres et mystérieux.

— Bon sang! dit Véra, la gorge serrée, alors que les dingos descendent la falaise.

Mais les chiens sauvages passent en courant juste à

côté de la bande et foncent vers un groupe d'arbres. Fred éclaire de nouveau les arbres avec sa lampe de poche : les yeux rouges les fixent toujours, mais ils disparaissent dans l'obscurité lorsque les dingos se mettent à aboyer.

— Vous entendez? demande Daphné, une main repliée derrière l'oreille. C'est de la musique!

Elle marche en direction de la scène. Véra se retourne un instant, histoire de prendre le bosquet en photo. Puis elle rejoint ses amis au pas de course.

Lorsque le groupe s'approche de la scène, une surprise l'attend.

— Hé! Mais ce sont les Hex Girls! s'étonne Daphné.

Voilà en effet de vieilles copines : Thorn la chanteuse du trio, Dusk la batteuse et Luna la bassiste. Les amis ont fait la connaissance des chanteuses rock alors qu'ils travaillaient à élucider une énigme aux États-Unis.

— Je me disais, aussi, que je connaissais cette musique, dit Sammy en souriant et en faisant un petit signe de la main.

Thorn cesse de chanter et regarde avec attention.

— C'est bien vous! s'écrie-t-elle.

Les amis montent sur la scène.

— Ça fait plaisir de vous revoir, dit Fred en serrant Thorn dans ses bras, jusqu'à ce que Daphné, jalouse, lui envoie un coup de coude dans les côtes.

— Qu'est-ce qui vous amène ici? demande Dusk.

— Eh bien, nous étions en vacances… commence Daphné.

— Et nous avons pensé venir assister au festival, termine Fred.

— Génial! dit Luna. C'est nous qui ouvrons le concert.

— Depuis quand êtes-vous ici? interroge Véra.

— Depuis quelques jours, répond Luna. Pourquoi?

— Avez-vous vu quoi que ce soit d'étrange depuis votre arrivée? demande encore Véra.

— Quoi, par exemple? dit Thorn.

— Par exemple? reprend Sammy. Eh bien, quelque chose d'énorme…

Scooby mime la « chose ». Il étire les pattes et se penche au-dessus de Sammy.

— …et de terrifiant…

Scooby ouvre démesurément les yeux.

— …et d'horrible…

Scooby lève les pattes au-dessus de sa tête et se met à marcher lentement vers les Hex Girls.

Arrivent alors Daniel et Russell.

— Je me demandais pourquoi la musique s'était arrêtée, dit Daniel.

Chapitre 6

Scooby baisse les pattes, l'air penaud.

— Nous sommes venus nous assurer que vous allez bien, dit Russell aux Hex Girls.

— Évidemment que nous allons bien, s'étonne Luna. Pourquoi cette idée?

— Simple vérification, dit Russell. Alors, vous nous présentez vos amis?

Thorn acquiesce d'un signe de tête :

— Bien sûr! Daniel et Russell, voici nos amis des États-Unis : Fred, Daphné, Véra, Sammy…

— R'et R'ooby-Doo! ajoute Scooby en tendant la patte à chacun des hommes.

— Salut! dit Russell. Nous sommes les organisateurs du festival.

— Bienvenue à vous, dit Daniel. Nous sommes désolés de vous interrompre. Nous essayons de régler certains problèmes avant le début du festival.

— Quel genre de problèmes? demande Luna.

Daniel hésite un instant.

— Eh bien, les finalistes de notre concours de groupes amateurs disparaissent, finit-il par avouer.

Daphné et Véra échangent un regard.

— Ah? C'est plutôt curieux, dit Daphné.

Sammy écarquille les yeux.

— Tu as bien dit qu'ils disparaissent? demande-t-il.

Russell fait un signe affirmatif.

Daniel secoue la tête.

— Et à présent, dit-il, les groupes veulent retirer leur participation dès qu'ils apprennent que Matt le Merveilleux a été enlevé.

Fred regarde Daniel d'un air étonné.

— Enlevé? Mais par qui? demande-t-il.

Sammy croit connaître la réponse :

— Peut-être par ces énormes, ces terrifiants, ces horribles…

— Vampires… termine une voix grave.

En entendant ces mots, Scooby saute de nouveau dans les bras de Sammy.

C'est Malcolm, en train de monter dans sa vieille jeep pétaradante, stationnée près de là. En démarrant, il dit à Daniel :

— Je t'avais prévenu que des choses terribles allaient se produire.

Puis il s'éloigne dans un nuage de poussière. Sammy regarde partir Malcolm.

— Qui est ce vieux monsieur menaçant? demande-t-il.

— C'est mon grand-père, Malcolm Illiwara, répond Daniel.

En rougissant, Sammy essaie de réparer sa gaffe :

— Euh… je voulais dire menaçant dans le bon sens du terme, précise-t-il.

— Il faut lui pardonner, dit Daniel. Il est très bouleversé.

Sammy hoche la tête.

— Je le comprends. Je suis plutôt bouleversé aussi, en ce moment, dit-il.

Curieuse, Véra interroge Daniel :

— De quelles choses terribles ton grand-père voulait-il parler?

Daniel la regarde droit dans les yeux et lui dit :

— De Yowie Yahoo.

Sammy lève la tête vers le roc du Vampire.

— Sapristi! s'exclame-t-il. Tu veux parler du vampire qui habite là-dedans?

— C'est ça, répond Daniel. De lui et de ses acolytes. Enfin, c'est ce que raconte la légende. Mais les vampires n'existent pas.

— Tu veux dire les vedettes rock vampires, dit Russell qui se tient devant l'affiche de Wildwind.

Les Hex Girls se tournent vers l'affiche.

— Génial! dit Dusk. J'ai vu des groupes comme Wildwind dans la collection de disques de mes parents.

— Ouais! Leur maquillage et leur costume sont super! ajoute Luna.

— Cette affiche doit dater de bien des années, dit Thorn.

— Non, dit Daniel. Les musiciens de Wildwind n'ont

que quelques années de plus que vous.

— Wildwind voulait remettre le glam rock à la mode, explique Russell. Sur scène, le groupe donnait un spectacle absolument renversant. Dark Skull était à la guitare, Stormy Weathers, à la basse et Lightning Strikes, à la batterie.

— Tu les as vus en spectacle? interroge Daphné.

— Bien sûr! dit Russell. Ils méritaient bien mieux qu'une troisième place au concours.

— Que leur est-il arrivé? demande Véra.

— Après avoir perdu le concours, ils sont montés au roc du Vampire pour faire du camping et de l'escalade, répond Russell. Mais personne n'a plus jamais entendu parler d'eux.

Fred en reste bouche bée.

— Ils ont tout simplement disparu? s'étonne-t-il.

— Les gens d'ici croient que le Yowie Yahoo les a transformés en vampires, intervient Daniel.

Sammy hoche la tête avec sagesse :

— Moi, je suis d'accord avec les gens d'ici. Ça expliquerait ces énormes, ces terrifiants, ces horribles…

Scooby recommence son manège.

— C'est bon, vous deux. On a compris, dit Daphné.

— De toute manière, les vampires n'existent pas, ajoute Véra.

— Peut-être bien que non, dit Russell. Mais Daniel affirme avoir vu Matt le Merveilleux se faire enlever par trois vampires qui ressemblaient à Wildwind comme deux gouttes d'eau.

— En fait, je n'ai jamais parlé de vampires, précise Daniel. Mais peu importe qui étaient ces créatures, elles m'ont paru très convaincantes. À tel point que je ne sais plus quoi penser.

Sammy semble encore plus effrayé.

— Quand toutes ces histoires de vampires ont-elles commencé, Daniel? demande Véra.

— Depuis longtemps, on remarque des lumières et des sons étranges qui proviennent du roc du Vampire. Mon grand-père m'a toujours dit qu'il s'agissait du Yowie Yahoo, mais je ne l'ai jamais cru.

Daniel lève les yeux vers les énormes rochers qui se dressent au loin.

— Je serais bien curieux de savoir ce qui se passe réellement là-haut.

Fred se frotte les mains :

— Eh bien, les amis, il semble que nous soyons devant une nouvelle énigme, dit-il. Et je crois que la meilleure façon d'enquêter sans se faire remarquer serait de se déguiser en groupe rock. Avec un peu de chance, les vampires Wildwind essaieront de nous enlever, nous aussi.

Sammy se tourne vers Scooby.

— Bien moi, je ne tiens pas à avoir autant de chance! déclare-t-il.

— R'as raison, ajoute Scooby.

Mais Daphné est prête.

— Bonne idée, Fred, dit-elle.

Russell ne semble pas aussi enthousiaste, mais Daniel

fait remarquer qu'il s'agit peut-être de leur dernière chance.

— Je suppose que ça peut fonctionner, convient finalement Russell. Surtout si ça empêche les candidats que j'ai choisis de se faire enlever.

— Et qui sont ces candidats? demande Daniel.

— Les Deux Dégingandés, dit Russell. Ils sont parfaits. Vous verrez bien lorsqu'ils arriveront.

— Alors, que dis-tu de notre plan? demande Fred.

— Eh bien, je suis d'accord, dit Russell. Mais je vous aurai quand même prévenus.

— Scooby et moi, on n'est pas forcés de faire partie du groupe rock, dit Sammy. Un trio, ce serait aussi génial.

Mais il est trop tard. Les Hex Girls entraînent Sammy et Scooby en coulisse pour les déguiser en vedettes rock.

Pendant ce temps, derrière un arbre, deux yeux rouges observent la scène.

Chapitre 7

Plus tard, alors que se lève une énorme lune jaune et presque pleine, les amis remontent sur scène. Mais cette fois, ils ont une allure très différente.

— Je ne sais pas si nous allons jouer de façon convaincante, dit Fred, mais au moins, nous avons l'air de vrais chanteurs de rock.

Il regarde ses bottes de cow-boy, son pantalon de cuir et sa veste à franges, puis joue quelques notes sur la guitare électrique pendue à son cou.

— J'espère que nous n'aurons pas à participer au spectacle, dit Véra d'un air accablé.

Affublée de lunettes géantes, de chaussures plates-formes rouges et d'un boa, elle se tient debout près du micro.

Assise au clavier, Daphné est vêtue d'une robe longue et ample, coiffée d'une perruque flamboyante et abondamment maquillée. Elle semble étonnée.

— Mais je croyais que tu aimais chanter, Véra! dit-elle.

— Pas devant autant de gens : j'ai un trac fou! admet Véra.

— Moi, ce sont les vampires qui me fichent le trac, déclare Sammy.

Il porte une longue redingote vert fluo et une casquette de base-ball, visière derrière la tête. Il pince les corde de sa guitare basse avant de demander :

— Et si nous partions en tournée, mais très loin d'ici?

Pour manifester son accord, Scooby joue de la batterie. Ses gants de cuir, ses lunettes et son béret lui donnent une allure tout à fait décontractée et, avec son col roulé à rayures jaunes et noires, il a l'air d'une grosse abeille absolument formidable.

Pendant ce temps, quelque chose a attiré l'attention de Daphné, plus loin, sur la scène. Elle s'agenouille près du projecteur auquel Matt le Merveilleux s'était agrippé avant d'être enlevé.

— Hé! dit-elle. Regardez ça!

Une traînée gélatineuse blanche a coulé sur le projecteur. Daphné glisse le doigt dans la gélatine et annonce à Véra, qui s'est approchée :

— C'est du maquillage de scène. Avec ça, le public nous voit plus clairement.

Daphné réfléchit un instant.

— Mais je n'imagine pas Matt le Merveilleux portant ce blanc phosphorescent, dit-elle.

Fred se penche à son tour près du clavier.

— Et regardez ça, dit-il. C'est l'empreinte d'un talon de botte.

Il passe la main sur l'empreinte.

— Étrange! dit-il. L'empreinte est gluante. On dirait de la colle, mais ce n'est pas tout à fait ça. En fait, je ne sais pas ce que c'est.

Arrivent alors Jasper et les Mauvais Présages. Jasper, qui circule en voiturette de golf, regarde la bande.

— C'est vous, les nouveaux concurrents? demande-t-il en examinant les costumes du groupe.

Fred hoche la tête :

— Nous remplaçons Matt le Merveilleux pour le concours.

King, Queen et Jack regardent le groupe, échangent des regards… puis éclatent de rire.

Véra fait mine d'ignorer ces rires.

— Vous devez être Jasper Ridgeway… et les Mauvais Présages, dit-elle.

— Russell nous a prévenus… je veux dire… nous a parlé de vous, ajoute Daphné.

King regarde fixement Scooby.

— C'est pas tous les jours qu'on voit un chien jouer de la batterie! ricane-t-il.

— R'un r'ien? s'étonne Scooby en regardant autour de lui.

Queen lève le nez et renvoie ses cheveux vers l'arrière :

— Que diriez-vous d'une pause, les amateurs? lance-t-elle.

— Ouais, place aux professionnels du rock, dit Jack.

— Venez, les amis. Allons-nous-en, dit Fred d'un air dégoûté. Nous devons installer notre tente pour ce soir, de toute façon.

Jasper s'éponge le front avec un mouchoir de soie.

— Du camping, s'exclame-t-il. Que c'est primitif! Moi,

je préfère me déplacer en autocaravane climatisée tout confort.

Véra en profite pour faire enquête.

— Russell nous a parlé d'un autre groupe dont vous étiez l'agent… Wildwind, je crois, dit-elle.

Jasper hoche la tête et prend un ton dramatique.

— Oui, soupire-t-il. C'étaient de vraies vedettes. J'étais persuadé qu'ils iraient loin, jusqu'à cette nuit fatidique de l'année dernière.

Il appuie le front sur le volant de sa voiturette.

— Mais je vous en prie, ne parlons plus de ça, dit-il d'une voix légèrement étouffée. Cette histoire est trop bouleversante.

— Franchement! marmonne Fred.

— Il exagère un peu, murmure Véra.

Jasper se redresse et met le moteur de sa voiturette en marche.

— Bon, dit-il. Je rentre à l'autocaravane. Cette chaleur est insupportable!

Il se tourne vers les Mauvais Présages et leur souhaite une bonne répétition. Puis il s'éloigne dans son petit véhicule en laissant derrière lui un épais nuage de fumée noire et malodorante.

Fred tousse.

— Eh bien! j'ai été très heureux de faire votre connaissance, ironise-t-il.

— Retirons vite ces costumes et commençons à chercher des indices, dit Véra.

Chapitre 8

Quelques minutes plus tard, le groupe prend le chemin du terrain de camping. L'endroit est peuplé d'eucalyptus et parsemé de grosses pierres.

— À mon avis, il se pourrait que nous venions de croiser nos soi-disant vampires, dit Fred d'un air songeur.

— Les Mauvais Présages? demande Véra.

— Exactement, répond Fred. Jasper Ridgeway semble être le genre de type qui serait prêt à tout pour voir ses protégés remporter la victoire.

— Alors, tu crois qu'il les aurait poussés à ça? interroge Véra, alors qu'ils arrivent à proximité de la zone des stands de nourriture.

Des odeurs enivrantes parfument l'air, s'échappant des stands où sont offertes les diverses spécialités australiennes – pâtés à la viande, crevettes sur le gril, ragoût.

Distraits, Sammy et Scooby ralentissent pour regarder les aliments. Mais les autres continuent de chercher la clé de l'énigme.

— Le maquillage que portaient les Mauvais Présages est semblable à celui que j'ai trouvé sur la scène, dit Daphné.

— Tiens, tiens, dit Véra. Peut-être devrions-nous demander à Daniel et à Russell de nous fournir plus de renseignements à leur sujet, dans ce cas.

Mais Daphné a d'autres idées en tête.

— Je parie que l'autocaravane de Jasper contient des choses intéressantes, dit-elle.

Fred est du même avis.

— Allons voir ce qu'on y trouve, dit-il. Sammy et Scooby, restez dans les parages et gardez l'œil ouvert.

Sammy regarde Scooby. Scooby regarde Sammy. Puis ils regardent les étalages de nourriture et sourient.

— Faites-nous confiance, nous allons bien nous empiffrer… euh… nous débrouiller, promet Sammy.

Fred, Véra et Daphné s'arrêtent à la Machine à mystères, histoire de changer de vêtements et de prendre l'appareil photo de Véra. Quelques instants plus tard, ils se dirigent vers la caravane aérodynamique de Jasper, garée à proximité d'une spectaculaire formation rocheuse.

— Ohhh! s'exclame Daphné. Jasper ne plaisantait pas lorsqu'il se vantait de voyager confortablement!

— Il faut jeter un coup d'œil à l'intérieur, dit Fred.

— Comment allons-nous nous y prendre, Fred? demande Daphné.

Fred réfléchit un instant.

— Nous devons l'attirer dehors, dit-il. Et j'ai un plan.

— Fred? dit Véra.

— Attends! poursuit Fred en levant une main. C'est génial! Je vais me cacher dans ces buissons et imiter le cri du kookaburra sauvage.

— Mais Fred… interrompt Véra.

— Un petit instant, Véra! coupe Fred. Je suis inspiré! Bon. Toi, Daphné, tu vas te déguiser en guérisseuse aborigène, et…

— Fred! crie Véra de l'endroit où elle se trouve, c'est-à-dire devant la porte grande ouverte de l'autocaravane.

— Quoi?

— Si nous entrions tout simplement par la porte, dit Véra en invitant ses deux amis à passer.

— C'est une autre possibilité, admet Fred.

Daphné et lui rejoignent Véra et tous trois pénètrent dans le véhicule.

À l'intérieur, le décor est impressionnant. La mode des années 1970 est à l'honneur, avec des lampes de lave, des fauteuils poires remplis de billes, des affiches fluorescentes et un fauteuil stéréo en forme d'œuf.

— Ceci est encore mieux qu'un musée! commente Véra en prenant une photo.

— Super! convient Daphné en sautant sur le lit d'eau. Et complètement rétro!

Véra examine un cadre contenant une photographie de Jasper en compagnie des membres de Wildwind.

— Eh bien, Wildwind était un groupe rétro et tout ici rappelle ce style, dit-elle.

— On dirait que Jasper vit dans le passé, constate Daphné.

Fred jette un œil par la fenêtre.

— Allons, les filles, dit-il. Il faut faire vite. Jasper pourrait revenir d'un moment à l'autre.

Daphné regarde autour d'elle.

— Ce ne sera pas facile de trouver des indices valables parmi toutes ces pièces de collection, dit-elle.

— Je crois en avoir déjà trouvé un! lance Véra en sortant un costume d'un tiroir. Ce costume est identique à celui que porte Dark Skull sur cette affiche!

— Beau travail! dit Fred.

Il regarde à l'intérieur du tiroir… et trouve aussi les costumes de Stormy Weathers et de Lightning Strikes.

— Jasper Ridgeway possède donc des reproductions de tous les costumes de Wildwind, dit Véra. Voilà qui est intéressant.

Le trio s'apprête à quitter la caravane, mais avant de sortir, Véra photographie Daphné tenant le costume de Dark Skull.

Chapitre 9

Pendant ce temps, Sammy et Scooby s'emploient à venir à bout d'un imposant casse-croûte australien composé de pain et de confiture.

— Ils appellent ça du pain coupe-faim, dit Sammy. Eh bien! ça ne me coupe pas l'appétit, à moi, en tout cas!

Scooby se contente de hocher la tête. Il ne peut rien ajouter, tellement il a la bouche pleine. Puis il s'attaque à la boisson qu'il tient dans une patte et l'engloutit d'un trait.

— Et qu'est-ce qui vient ensuite, Scoob? demande Sammy.

Mais Scooby ne répond pas. Il fixe un point au-dessus de l'épaule de Sammy :

— R'es r'ampires!

Sammy se retourne juste à temps pour apercevoir derrière lui les trois vampires Wildwind, avec leurs crocs et leurs yeux qui scintillent tels des charbons ardents.

— Sapristi! crie-t-il. Ça, ça me coupe l'appétit! Sauve qui peut!

Il laisse tomber son pain et se met à courir.

Les vampires pourchassent Sammy et Scooby parmi

les stands d'alimentation. Ils foncent vers un stand de
nourriture italienne, où Scooby et Sammy leur servent
des spaghettis. Puis ils suivent les deux amis dans une
salle de miroirs, où les trois créatures paraissent plus
grandes et plus effrayantes encore! Finalement, Scooby
et Sammy croient qu'ils vont réussir à coincer les
vampires à l'intérieur de lits de bronzage, mais peine
perdue, ces derniers reprennent leur poursuite. Cette
fois, ils pourchassent Sammy et Scooby jusque sur la
scène, où les Mauvais Présages répètent une chanson.
Sammy plonge dans le plus gros tambour de la batterie
de Jack et Scooby se cache à ses côtés.

— Mais qu'est-ce que... s'écrie Jack, alors qu'un
nuage de fumée tourbillonnant descend sur la scène.

Le nuage prend la forme du Yowie Yahoo! Il est
gigantesque et toujours aussi terrifiant. Même les
Mauvais Présages semblent effrayés. Puis les vampires
Wildwind apparaissent, et une bataille éclate entre eux
et les Mauvais Présages.

Dark Skull brise la guitare de King en deux et saisit
le musicien. Lightning Strikes se dirige vers Jack, qui lui
lance ses baguettes et ses cymbales. Lightning Strikes
vient heurter la batterie, qui vole en éclats sur la scène.

Le tambour dans lequel se sont glissés Sammy et
Scooby roule jusqu'à un coin oublié de la scène. Les deux
amis soulèvent un pan déchiré du tambour et jettent un
coup d'œil à la ronde. Stormy Weathers est justement en
train d'empêcher Queen de fuir. Puis un nouveau nuage
de fumée noire envahit la scène. Sammy et Scooby

laissent retomber le pan de tambour qui les dissimule entièrement.

Un peu plus tard, lorsque Fred, Daphné et Véra arrivent sur les lieux, la scène est dans un état lamentable. Des morceaux de guitares et de batterie gisent de toutes parts et de la fumée reste en suspension dans les airs.

— Mais qu'est-ce qui s'est passé ici? demande Fred en regardant autour de lui.

— Et d'où vient toute cette fumée? demande Daphné en toussant.

— Elle me brûle les yeux, dit Fred en essayant de la chasser.

— Et cette odeur sucrée, remarque Véra. On dirait de la barbe à papa.

— De la barbe à papa? s'exclament Sammy et Scooby à l'unisson.

Ils s'élancent ensemble hors du tambour dans lequel ils étaient restés cachés.

— Sammy et Scooby? s'étonne Fred.

— Qu'est-il arrivé aux Mauvais Présages? leur demande Véra.

La terreur se lit encore dans les yeux de Sammy.

— Les vampires Wildwind sont revenus et ils les ont enlevés. Scoob et moi, on a bien cru que c'était notre tour!

Scooby hoche la tête en gémissant.

— Hum! Nos principaux suspects viennent de s'envoler, constate Fred.

— Tu as vraiment vu les vampires, Sammy? demande Véra.

— R'oui! affirme Scooby.

— Nous les avons vus, tous les deux, dit Sammy.

— À quoi ressemblaient-ils? demande Fred.

Sammy montre du doigt l'affiche de Wildwind.

— Exactement à ces types sur l'affiche, mais en bien plus effrayants. Et ils ont ces horribles yeux rouges.

— R'ouais. Rouges, répète Scooby.

— Quelle que soit leur identité, dit Fred, ils ont enlevé les Mauvais Présages!

Jasper arrive dans sa voiturette de golf, juste à temps pour entendre ces mots.

— Enlevé? demande-t-il. Mais c'est impossible! On n'a pas pu enlever les Mauvais Présages. Ils doivent gagner le concours!

— Ouais, mais heureusement que vous n'étiez pas là, Jasper, dit Sammy. Parce que ces vampires vous auraient emmené aussi.

Jasper remonte dans sa voiturette.

— Eh bien, ils auraient dû m'enlever, se lamente-t-il. À présent, je vais être rongé par la culpabilité. J'aurais mieux fait de rester avec mon groupe plutôt que de retourner à la caravane.

Fred jette un œil méfiant à Jasper et marmonne :

— La caravane, hein?

— Qu'est-ce qui s'est passé ici? demande Daniel en s'approchant.

— Mon groupe a disparu. Qu'est-ce que nous allons faire? pleurniche Jasper.

— L'union fait la force! dit Fred. Allons chercher les Hex Girls et Russell, et campons tous ensemble.

— Russell est déjà parti, comme toute l'équipe technique, dit Daniel.

Sammy frissonne.

— J'aimerais pouvoir en faire autant!

Jasper n'est toujours pas convaincu.

— Et si les vampires reviennent pendant que nous sommes tous endormis? s'inquiète-t-il.

— Nous pourrions monter la garde chacun à notre tour, propose Véra.

Fred se tourne vers Sammy et Scooby.

— À vous deux de commencer, dit-il.

Sammy semble terrorisé. Scooby et lui tentent de s'éloigner sur la pointe des pieds, mais Fred les rattrape.

— Et vous commencez maintenant! ajoute-t-il.

Sammy et Scooby essaient encore de lui échapper, lorsque Véra leur tend une boîte de Scooby Snax.

— Accepteriez-vous de monter la garde en échange d'un Scooby Snax? demande-t-elle.

Daphné prend la boîte des mains de Véra.

— Ou peut-être de *deux* Scooby Snax? dit-elle.

— Eh bien, répond Sammy, mon estomac est toujours prêt à recevoir un Scooby Snax ou deux! Qu'est-ce que tu en penses, Scooby?

— R'ouais, r'ouais, dit Scooby en faisant un gros « oui » de la tête.

Après avoir reçu les biscuits promis, Sammy et Scooby se tiennent au garde-à-vous, prêts à surveiller les lieux.

— Allez tous dormir sur vos deux oreilles : nous, pour surveiller, on n'a pas notre pareil! lance Sammy en imitant le salut militaire.

Chapitre 10

Le soleil est sur le point de se lever et tous sont endormis – tous, même Sammy et Scooby. Soudain, les ronflements des dormeurs sont noyés par des vrombissements de moteurs. Réveillés en sursaut, Sammy et Scooby aperçoivent une vive lumière qui vient vers le campement.

— Sapristi! Encore eux! Ce sont les vampiiiiires! hurle Sammy.

Scooby et lui grimpent dans un arbre en moins de deux et regardent en bas la lumière qui s'approche. Après un moment, la vision se précise enfin : ce sont deux motos!

— Depuis quand est-ce que les vampires roulent à moto? s'étonne Sammy.

Il se glisse le long d'une branche pour mieux voir. La branche casse, et les deux amis se retrouvent sur le sol, juste aux pieds des motards. Ces derniers sont vêtus d'un jean usé et d'un blouson de cuir.

— Vous n'êtes pas des vampires! dit Sammy en levant la tête. Qui êtes-vous?

— Nous sommes les Deux Dégingandés, répond Harry, dont les cheveux sont rose vif.

Sammy se relève et regarde son propre corps efflanqué.

— Moi aussi, j'en suis un, dit-il.

— Non, dit Barry, qui porte un bandana noir dans les cheveux. Les Deux Dégingandés, c'est le nom de notre groupe. Je m'appelle Barry et voici mon frère, Harry.

Pendant ce temps, les autres se sont éveillés et sortent de leur tente.

— Qu'est-ce qui se passe? demande Fred.

Daniel s'approche pour serrer la main de Harry et de Barry.

— Enfin, dit-il. Russell m'a tellement parlé de vous! Content de vous voir arriver sains et saufs.

— Pourquoi ne serions-nous pas sains et saufs? interroge Harry.

— Certains groupes ont été enlevés, répond Daniel.

— Par des vampires, ajoute Sammy.

Barry et Harry se regardent et éclatent de rire. Mais Fred les observe avec méfiance.

— Si vous n'avez pas été enlevés, alors où étiez-vous? leur demande-t-il.

Barry saisit le sac à dos qui se trouve sur sa moto et leur montre le matériel de camping qu'il contient.

— Partis explorer le roc du Vampire, dit-il. C'était tellement agréable que nous avons décidé d'y camper.

Scooby et la bande prennent des vacances en Australie! Fred, Daphné, Véra, Sammy et Scooby se rendent au festival de musique qui se tient au légendaire roc du Vampire.

La bande arrive au roc du Vampire un peu tôt, et Sammy et Scooby sont terrorisés lorsqu'ils voient des dingos hurler à la lune. R'oh-r'oh!

Un autre groupe, les Mauvais Présages, arrive avec son agent, Jasper. Les membres du groupe sont plutôt désagréables. Ils se moquent des costumes de scène de la bande.

Pendant ce temps, Scooby et Sammy ont trouvé Wildwind!
Les trois vampires partent à leur poursuite.

Fred, Daphné et Véra fouillent l'autocaravane de Jasper, à la recherche
d'indices. Ils trouvent des costumes semblables à ceux que portait
Wildwind! Tout ça est bien étrange...

Les vampires pourchassent Scooby et Sammy jusque sur la scène où
les Mauvais Présages sont en train de répéter. Le chef des vampires,
appelé le Yowie Yahoo, apparaît alors et enlève le groupe.
Tous disparaissent ensuite derrière le roc du Vampire.

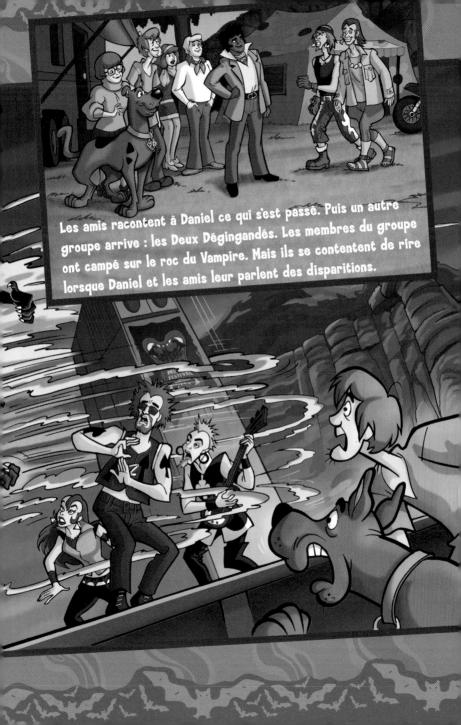

Les amis racontent à Daniel ce qui s'est passé. Puis un autre groupe arrive : les Deux Dégingandés. Les membres du groupe ont campé sur le roc du Vampire. Mais ils se contentent de rire lorsque Daniel et les amis leur parlent des disparitions.

Cette nuit-là, les amis estiment que le moment est venu d'escalader le roc du Vampire et de faire progresser l'enquête.

À l'intérieur du rocher, Fred, Daphné et Véra trouvent une quantité de matériel servant à produire de la musique et de l'éclairage...

...pendant que Scooby et Sammy sont terrorisés par des dingos.

Le Yowie Yahoo et les vampires Wildwind apparaissent et pourchassent de nouveau la bande. Le monstre crache des boules de feu!

Juste à ce moment, le jour commence à se lever. La lumière du soleil frappe la médaille de Scooby et se répercute sur le Yowie Yahoo... qui disparaît aussitôt!

Puis la bande tend un piège aux vampires Wildwind... avec l'aide de Daniel et de son boomerang.

Puis la bande retrouve par hasard ses vieilles copines, les Hex Girls, qui participent au festival. Russell et Daniel, les organisateurs du concert, révèlent à Thorn, Luna, Dusk et aux amis, que des participants disparaissent. Ils ajoutent qu'un groupe du nom de Wildwind, disparu l'année précédente, sans laisser de trace, semble avoir un lien avec les mystérieux évènements.

Les amis décident de se déguiser en groupe rock pour passer inaperçus afin de chercher des indices. Et ils en trouvent beaucoup!

On découvre finalement l'identité des vampires : Russell et les Deux Dégingandés! Furieux que Wildwind n'ait pas remporté le concours du meilleur groupe rock amateur l'année précédente, les trois musiciens ont décidé de prendre leur revanche en sabotant le concours.

Grâce à Scooby et aux amis, le concert se poursuit... et la bande a même l'occasion de se produire en spectacle!
— R'ooby-Dooby-Doo! chante Scooby.

— Mais nous n'avons pas vu le moindre vampire, précise Harry.

— Matt le Merveilleux et les Mauvais Présages n'ont pas eu autant de chance, dit Véra.

— Et tous les autres finalistes ont eu si peur qu'ils sont retournés à Sydney, ajoute Daniel.

— Donc, il ne reste plus que nous? demande Barry.

— Est-ce que ça signifie que nous gagnons le concours? interroge Harry, rempli d'enthousiasme.

— Pas vraiment, dit Daniel. Nous avons eu une inscription de dernière minute.

Il regarde en direction de Sammy et Scooby. Un harmonica et un banjo à la main, les deux amis se mettent à jouer.

Barry et Harry examinent ces concurrents et ne semblent pas très impressionnés.

À ce moment, la porte de l'autocaravane s'ouvre et Jasper sort du véhicule en se frottant les yeux.

— Que signifie tout ce chahut? demande-t-il. Vous avez retrouvé mon groupe?

— Non, mais nous en avons trouvé un autre, dit Daniel. Je vous présente les Deux Dégingandés.

— Ah bon, dit Jasper, en serrant la main de Harry et de Barry. Russell me dit que vous êtes des gars très prometteurs. Avez-vous un agent?

— Non, dit Harry.

Jasper sourit. Il pose une main sur l'épaule de chacun des deux frères et les pousse doucement vers sa caravane.

— Génial, génial! dit-il. Venez donc chez moi, que je vous explique ce que je peux faire pour votre carrière.

Jasper fait entrer les deux musiciens dans sa caravane et claque la porte.

— Ça alors! s'exclame Daphné. On peut dire qu'il ne perd pas de temps!

— En effet, dit Véra. Jasper n'a pas pleuré bien longtemps sur le sort des Mauvais Présages!

À présent, le soleil commence à se lever.

— Il faut nous mettre au travail, dit Daniel. Deux groupes manquent encore à l'appel et le concert commence ce soir, à dix-huit heures.

À ce moment, les Hex Girls sortent la tête de leur tente.

— Mais qu'est-ce que c'est que ce tapage? demande Thorn.

— Ce n'est pas comme ça que nous allons nous reposer pour ce soir, grogne Dusk.

— En d'autres termes, baissez le ton! dit Luna.

Les trois filles disparaissent dans leur tente. Scooby et Sammy se regardent.

— Ah, ces divas! conclut Sammy en haussant les épaules.

Chapitre 11

Daniel et la bande montent dans la Machine à mystères pour aller rendre visite à Malcolm. Daniel croit que son grand-père pourrait leur fournir quelques précisions sur le Yowie Yahoo, puisqu'il connaît toutes les légendes locales.

En cours de route, Véra consulte Internet, à la recherche de renseignements sur les vampires.

— Voyons voir… dit-elle en lisant ce qu'affiche l'écran de l'ordinateur. Les vampires détestent la lumière du soleil, ils ne peuvent pas traverser les cours d'eau et – écoutez bien ça! – plus nombreux sont les gens qu'un vampire parvient à contrôler, plus grands sont ses pouvoirs!

— Cela expliquerait pourquoi le Yowie Yahoo envoie Wildwind enlever des gens, dit Daphné. Enfin, si on croit à son existence!

Véra regarde, du coin de l'œil, l'appareil photo qui se trouve près d'elle, sur la banquette.

— Hum, on dit aussi que les vampires n'apparaissent pas sur le film lorsqu'on les prend en photo, dit-elle.

— Ça, c'est peut-être parce qu'ils sont timides, dit Sammy.

Il saisit l'appareil photo pour prendre une photo de lui-même et de Scooby.

Entre-temps, la Machine à mystères s'arrête chez Malcolm. La maison se trouve tout au bord de Wallaby Springs, un cours d'eau qui coule jusqu'au roc du Vampire. Malcolm a fait un gros feu de camp. Il oriente la fumée avec précaution, et envoie des nuages ronds dans le ciel.

Daniel présente ses amis à son grand-père et lui dit qu'ils veulent l'aider à retrouver les groupes qui ont été enlevés.

Curieux, Sammy aimerait bien savoir ce que fait Malcolm.

— Vous envoyez des signaux de fumée?

— Je préviens les gens qu'une réunion du conseil de tribu va avoir lieu, explique Malcolm.

Daniel lève les yeux au ciel.

— Tu pourrais te contenter d'utiliser le téléphone, grand-père, dit-il.

— Cette fumée sent vraiment bon, commente Fred. Qu'est-ce que vous brûlez?

— Du bois de gommier rouge, dit Malcolm. Et nous utilisons les fleurs de cet arbre pour fabriquer du miel.

Il montre du doigt un arbre en fleurs qui se trouve non loin de là. Scooby tient à le voir de plus près. Un koala juché dans les branches se met à lui lancer des feuilles et des brindilles, mais lorsque Scooby tente de s'éloigner de l'arbre, il constate que ses pattes restent collées au tronc. Il tire de toutes ses forces pour se libérer et quand il y parvient, il est projeté à l'eau et complètement trempé. Scooby s'amuse de sa propre mésaventure. Il ressort et entreprend de se nettoyer les pattes dans l'eau.

Les amis le rejoignent, accompagnés de Daniel et de Malcolm. Tous s'entassent dans deux canots pour descendre le cours d'eau. Cette promenade aquatique est la bienvenue, car le chaud soleil de l'arrière-pays se révèle sans pitié. Tout en pagayant, les jeunes interrogent Malcolm au sujet du Yowie Yahoo.

De l'avis du vieil homme, les membres de Wildwind ont été stupides d'escalader le roc du Vampire à la nuit tombée :

— Ils devenaient des proies faciles pour le Yowie Yahoo, comme le seront tous ceux qui participeront au festival.

— Mais qu'est-ce que nous pouvons faire pour les éloigner, lui et ses vedettes rock? demande Sammy.

— Selon la légende, répond Malcolm, seule la lumière du soleil peut faire disparaître un vampire. Mais on dit aussi que les vampires craignent les dingos.

Sammy propose que Scooby demande à ses cousins les dingos de leur venir en aide, mais Malcolm affirme que les dingos sont des chiens sauvages et qu'ils ne se soucient aucunement d'aider les humains.

Pendant que le grand-père fournit ces précisions, un

monstrueux crocodile fait surface près du canot de
Scooby et de Sammy. La bête ouvre son énorme gueule
et referme d'un coup sec ses mâchoires aux dents
pointues juste à côté d'une patte de Scooby.

— Dis donc! lance Sammy, ce crocodile a bien failli
s'offrir tout un Scooby Snax!

— Heureusement qu'il n'a pas réussi, dit Daniel. J'ai
inscrit votre groupe au spectacle de ce soir, juste après
les Hex Girls.

Véra sent sa gorge se serrer. Daphné invite Malcolm
au spectacle, mais ce dernier lui tapote la main et refuse
l'invitation :

— Je ne peux pas accepter, parce que je crois que le
festival ne devrait pas avoir lieu, dit-il, élevant la voix afin
que Daniel l'entende.

— Je sais ce que tu ressens, grand-père, mais j'ai un
concert à présenter, dit Daniel.

Sammy lève alors la tête.

— Il y a de la fumée! s'écrie-t-il, montrant le ciel au-
dessus du roc du Vampire.

— Mes amis répondent à mes signaux, dit Malcolm.

— Vous pourriez m'apprendre à faire ces signaux?
demande Sammy. Comme ça, si les vampires reviennent,
j'enverrai un SOS : sauvez l'ossature de Sammy!

Chapitre 12

Sous les applaudissements de la foule en délire, les Hex Girls font leur entrée en scène. Des faisceaux de lumière se promènent sur les spectateurs pendant que Luna, Thorn et Dusk se lancent à fond dans leur première chanson.

Le festival a commencé.

Les amis et Daniel regardent le spectacle des coulisses. Véra prend des photos en essayant de capter l'atmosphère et l'énergie du moment.

Fred se met tout à coup à se frotter les yeux.

— Bon sang, dit-il. J'ai les yeux qui brûlent horriblement.

Puis il lève la tête et reste figé en croyant apercevoir le Yowie Yahoo.

Un menaçant tourbillon de fumée noire plane au-dessus de la scène. Puis, sous les yeux de tous, la fumée prend la forme des trois vampires Wildwind! Ils plongent vers la scène et se mettent à tourner autour des Hex Girls.

— Non! crie Daniel. Pas maintenant!

— Ça alors! s'exclame Véra en prenant une photo. Le Yowie Yahoo existe bel et bien!

Thorn se tourne vers Dark Skull, qui se trouve près d'elle.

— Hé, dit-elle, vous allez gâcher notre rappel!

Fred et Daniel foncent vers la scène juste au moment où les vampires Wildwind s'envolent en emmenant les Hex Girls. Instantanément, ils disparaissent dans un nuage de fumée.

La foule ne cesse d'applaudir, croyant que cette disparition fait partie du numéro.

Daphné regarde la tache noire qui s'éloigne.

— Qu'est-ce qu'on fait maintenant? demande-t-elle.

— Ils vont sûrement au roc du Vampire, dit Véra.

Fred s'apprête à quitter la scène.

— Il faut partir à leur poursuite, dit-il.

— Super bonne idée, Fred, dit Sammy. Les suivre jusqu'aux quartiers généraux des vampires? Et pendant votre absence, Scoob et moi, on va répéter notre numéro.

Sammy et Scooby se mettent à jouer… jusqu'à ce que Sammy casse une corde de guitare.

Entre-temps, la foule a cessé ses applaudissements et elle observe avec étonnement ces deux étranges musiciens. Daniel marche vers le microphone.

— Hé! Géniales, ces Hex Girls, n'est-ce pas? dit-il comme si de rien n'était. Nous allons maintenant faire une courte pause. À plus tard!

Les spectateurs font entendre quelques huées, mais Daniel n'y prête pas attention et revient vers ses amis.

— Mon grand-père avait peut-être raison, après tout, dit-il. Où est Russell? Nous devons annuler la suite du spectacle.

Fred parvient à calmer Daniel.

— Attends un peu, lui dit-il. J'ai un plan qui va nous permettre d'en finir pour de bon avec cette affaire. Voici ce que nous allons faire…

Chapitre 13

Quelques minutes plus tard, la bande traverse le vieux pont branlant qui enjambe Wallaby Springs, non loin du roc du Vampire. L'imposante formation rocheuse se dresse au-dessus d'eux et leur donne l'impression d'être des fourmis.

Daphné regarde vers le sommet.

— Sapristi, dit-elle. Je savais que le roc du Vampire était impressionnant, mais pas à ce point!

— Retrouver les Hex Girls risque d'être plus compliqué que nous le pensions, constate Véra.

— Il faut nous séparer, dit Fred. Daphné, Véra et moi allons de ce côté, et Sammy et Scooby peuvent explorer dans l'autre direction.

Sammy entoure d'un bras les épaules de Daphné.

— Les vacances nous ont vraiment rapprochés, dit-il en essayant de gagner du temps. Ce serait bien dommage de se séparer maintenant!

Mais la tactique ne fonctionne pas. Fred, Daphné et Véra partent de leur côté, laissant Sammy et Scooby seuls près du pont. Pendant que le trio fait le tour du roc du Vampire, Véra frappe les hautes parois de pierre.

— On dirait bien que le roc du Vampire ne contient rien d'autre que de la pierre, dit-elle.

— Il doit pourtant y avoir un moyen d'entrer, dit Fred.

Au même instant, Daphné s'appuie sur le rocher et enfonce sans le savoir un bouton caché. Une porte glisse et Daphné tombe à l'intérieur.

— Tu disais? demande-t-elle en ressortant prestement et en secouant la poussière qui l'enveloppe.

Les trois amis se regardent, font un signe affirmatif et pénètrent dans le gigantesque rocher. Fred guide leurs pas dans la grotte obscure, à l'aide de sa lampe de poche.

— Un passage secret conduit toujours quelque part! déclare-t-il pendant qu'ils poursuivent leur chemin.

Véra étend le bras et éteint la lampe de Fred.

— Hum, dit-elle. L'obscurité devrait être complète, à présent, mais ce n'est pas le cas. Donc…

— Donc, il doit y avoir une source lumineuse quelque part dans la caverne, dit Fred en complétant sa pensée.

— Là-bas! dit Daphné en montrant du doigt une grande bâche noire qui dissimule l'entrée d'une autre caverne.

Le trio s'approche doucement, écarte légèrement la bâche et jette un œil à l'intérieur. Des lanternes de camping éclairent la grotte et diffusent une pâle lumière sur un véritable fouillis : ventilateurs géants, gros projecteurs, amplificateurs… et de grandes bâches qui recouvrent d'autres amas de matériel.

— Dites donc! commente Daphné en observant

les lieux. Je m'attendais à ce qu'un repaire de vampires soit plus... eh bien... plus lugubre!

— On dirait plutôt un entrepôt souterrain, ajoute Fred.

Véra s'approche d'une des lanternes.

— Ces lanternes ne se sont pas allumées toutes seules, dit-elle d'un air songeur.

— Tu as raison, Véra, dit Fred, qui la rejoint. Et comme elles ne sont pas très grosses, l'huile qu'elles contiennent doit brûler en quelques heures.

Daphné semble effrayée.

— Cela signifie que quelqu'un vient de passer ici!

Fred et Véra examinent le matériel et constatent qu'il est encore chaud, comme si on l'avait utilisé peu de temps auparavant.

— Mais pourquoi? demande Fred.

— Oui. Et où? interroge Daphné.

— Et surtout : qui? poursuit Véra.

Les trois amis continuent leur visite des lieux, jusqu'à ce que Daphné trouve un autre bouton secret permettant de faire glisser une partie du mur. Cette nouvelle pièce abrite une immense chambre en désordre, dont les murs sont couverts d'affiches et de graffitis, et le sol, jonché de matelas, de vêtements, de CD et de livres éparpillés dans tous les coins.

— Pas de cercueils? s'étonne Daphné.

Mais soudainement, la porte se referme, et voilà Daphné enfermée dans la pièce.

— Fred! Véra! appelle-t-elle.

Daphné comprend qu'ils ne peuvent pas l'entendre.

Elle s'avance dans la pièce, trébuchant sur les tas de vêtements.

Et tout à coup, elle se trouve face à face avec Dark Skull! Il est suspendu la tête en bas, les jambes serrées autour d'une stalactite.

Daphné se met à hurler et se précipite vers un point lumineux qu'elle a repéré au loin. Dark Skull pirouette, retombe sur ses pieds et part à sa poursuite.

Daphné court jusqu'à l'extrémité d'un tunnel qui débouche sur un ciel nocturne. Elle jette un œil sur le seuil et aperçoit Wallaby Springs très loin au-dessous. Puis elle regarde derrière. Dark Skull la suit toujours.

Pendant ce temps, Sammy et Scooby marchent sans arrêt, puis se trouvent de nouveau près du pont de Wallaby Springs.

— Eh bien, on a fait tout le tour de cet horrible roc, dit Sammy.

Il s'appuie sur un rocher pour se reposer. Soudain, un hurlement sauvage se fait entendre.

— Qu'est-ce que c'est que ça? s'exclame-t-il.

Scooby est pris d'un tremblement nerveux lorsque trois dingos apparaissent dans l'obscurité.

Sammy et Scooby sont encerclés.

Le chef de la meute les regarde fixement. Ses yeux verdâtres luisent pendant qu'il grogne.

— Sapristi! dit Sammy.

Il regarde derrière lui l'immense rocher. Il regarde devant lui les trois dingos.

— On ne peut pas courir, dit-il. On ne peut pas grimper. Alors, comment est-ce qu'on va sortir d'ici?

Scooby se met à creuser aussi vite qu'il le peut.

— Bien essayé, Scooby, dit Sammy à son copain, mais c'est un miracle qu'il nous faut!

C'est alors que Daphné plonge de la falaise au-dessus d'eux, exactement comme elle l'avait fait sur le paquebot. Elle se retrouve dans Wallaby Springs après avoir fait gicler des trombes d'eau.

Une vague gigantesque arrose Sammy, Scooby et les dingos. Trempés, les chiens sauvages s'enfuient dans les buissons.

Sammy aide Daphné à sortir de l'eau.

— Comme je le disais : il fallait soit un miracle, soit Daphné qui plonge d'une falaise, dit-il à Scooby.

Scooby sourit et, imitant un juge dans une compétition de natation, exhibe un carton sur lequel figure un 10.

— Merci les gars, dit Daphné en souriant.

Chapitre 14

Pendant ce temps, Fred et Véra se trouvent toujours à l'intérieur des cavernes secrètes, en train d'explorer la chambre dans laquelle est passée Daphné, quelques minutes auparavant.

— Quel désordre! dit Véra en poussant du pied quelques vêtements.

— Tu crois que Daphné est ici? demande Fred.

Il allume sa lampe de poche et se met à la recherche de Daphné. Véra part de l'autre côté en appelant son amie. Soudain, elle se frappe la tête contre une stalactite. Sous le choc, ses lunettes se retrouvent par terre.

— Mes lunettes! s'écrie-t-elle. Fred! À l'aide!

Véra s'agenouille et passe la main sur le sol. Elle continue d'appeler Fred à la rescousse et de chercher aveuglément lorsque quelqu'un lui tend enfin ses lunettes.

— Merci, Fred, dit-elle. Je commençais à m'inquiéter.

Elle s'empresse de remettre ses lunettes sur son nez et constate qu'elle se trouve face à face avec Dark Skull!

— *Maintenant,* je m'inquiète sérieusement!

Et Véra prend ses jambes à son cou.

Elle trouve Fred en train d'examiner une autre partie du dortoir des vampires.

— Véra! dit-il en la voyant arriver. Tu as trouvé Daphné?

Véra jette un regard furtif derrière son épaule.

— Je ne sais pas où se trouve Daphné, répond-elle, mais une chose est sûre : elle est bien plus en sécurité que nous!

— Qu'est-ce que tu veux dire? demande Fred.

C'est alors qu'il aperçoit les trois vampires Wildwind qui foncent vers eux.

— Cours! crie-t-il.

Véra et Fred s'élancent dans le couloir et sautent de la falaise d'où Daphné a exécuté son plongeon.

— Aaaaaah! crient-ils en chœur avant de toucher l'eau.

— Fred! Véra! Tout va bien? s'écrie Daphné alors que ses amis posent le pied sur la terre ferme.

— Tout ira mieux si nous partons d'ici et vite! répond Véra en levant la tête vers le sommet du roc du Vampire.

Entourés d'un épais nuage de fumée noire, les vampires Wildwind descendent en piqué dans leur direction.

— Aïe! crie Sammy. Il va me falloir d'autres vacances pour me remettre de ces vacances-là!

— Allons-y! crie Fred. Il faut attirer les vampires au concert pour les prendre à notre piège. Tout le monde sur le pont!

Chapitre 15

Tous courent vers le pont. Mais les vampires foncent sur eux, leur barrent la route et les encerclent. Fred, Daphné, Véra, Sammy et Scooby sont coincés. Les trois vampires sourient méchamment. Leurs incisives brillent dans la lumière pâle.

L'imposante silhouette du Yowie Yahoo se dresse derrière eux. Ses yeux sont rouges, ses crocs luisants et la blancheur inquiétante de sa peau semble encore accentuée par la pénombre. Avec des grondements terrifiants, le monstre lève les bras et se met à lancer des boules de feu multicolores qui allument le ciel.

Sammy estime pour sa part que la seule façon de se tirer d'affaire consiste à se jeter dans Wallaby Springs. Mais avant même qu'il ait pu bouger, le Yowie Yahoo entreprend de cracher du feu. Les longues flammes brûlantes atteignent presque les cinq amis, qui se baissent vivement pour se protéger.

Le Yowie Yahoo se déchaîne et souffle maintenant un vent aussi puissant qu'un ouragan. Véra et Scooby tombent à la renverse. Le monstre souffle de plus en plus fort.

— Le Yowie Yahoo est un gros plein d'air, grogne Sammy.

Puis les vampires se rapprochent. Terrorisés, Scooby et Véra se tiennent serrés.

Mais Sammy aperçoit quelque chose.

— Regardez! s'écrie-t-il. Ce sont les dingos!

Les trois chiens sauvages foncent droit sur les vampires et partent à leur poursuite autour du roc du Vampire.

— Ils s'en vont! s'exclame Daphné.

— Ils doivent rentrer avant le lever du jour, explique Fred.

— Hé, Scoob! Demande à tes cousins de ne pas nous abandonner ici avec le Yowie Yahoo, crie Sammy.

Le Yowie Yahoo continue de souffler et de gronder. Les amis essaient tant bien que mal de lui résister. Puis Fred remarque que le soleil commence à se lever.

— Les vampires doivent disparaître avant que le soleil se lève et le Yowie Yahoo également, dit-il.

— S'il ne disparaît pas, il sera détruit par le soleil, dit Véra.

Le ciel s'éclaire encore un peu. Puis un petit rayon de lumière vient frapper le collier de Scooby à l'angle parfait et se répercute juste dans la poitrine du Yowie Yahoo! Le monstre gronde et lance des boules de feu.

Et soudain, *BOUM!* une explosion assourdissante se produit.

Chapitre 16

Soulagée, la bande regarde le Yowie Yahoo disparaître.

— Tu as réussi, Scooby! s'écrie Daphné. Tu as vaincu le Yowie Yahoo!

Chacun sort de sa cachette pour serrer Scooby dans ses bras.

Soudain, les dingos ressortent de derrière les rochers. Le chef de meute marche droit sur Scooby et de la patte, lui fait un signe amical de félicitations. Puis les chiens sauvages repartent au pas de course en poussant des hurlements.

— Te voilà dingo honoraire, Scooby, dit Véra.

— R'ingo? R'hourra! dit Scooby.

Mais Daphné reste inquiète.

— Et où sont passées les Hex Girls? demande-t-elle.

Sammy regarde un peu plus loin.

— Eh bien, on n'a qu'à demander aux vampires où elles sont, dit-il en pointant du doigt.

En effet, les vampires sont de retour. Et ils se précipitent dans la direction des amis.

— Vite! dit Fred. Sur le pont!

— La lumière du soleil a détruit le Yowie Yahoo, dit Daphné en courant. Pourquoi est-ce que ça ne fonctionne pas avec Wildwind?

— Tu veux qu'on s'arrête pour le leur demander? propose Fred.

— Non merci, ça ira, dit Daphné à bout de souffle.

Entre-temps, le groupe a franchi le pont.

— Bon, on vient de traverser un cours d'eau, dit Sammy. Les vampires ne devraient pas pouvoir nous suivre.

Toujours au pas de course, il se retourne pour voir ce qui se passe derrière… et s'aplatit contre un arbre.

Scooby se précipite à sa rescousse. Un coup d'œil par-dessus l'épaule leur indique que les vampires traversent le pont et sont sur le point de les rattraper.

— Non, mais… ils ne connaissent pas les règles, ces vampires-là! s'exclame Sammy en reprenant sa course.

Hors d'haleine, Scooby et lui arrivent sur le terrain de camping. Fred, Daphné et Véra y sont déjà.

— Maintenant! dit Fred.

Il sort prestement de derrière un rocher, au moment où Sammy et Scooby apparaissent, les vampires à leurs trousses.

Daniel, jusque-là caché derrière un buisson, s'avance et lance un boomerang qui tranche la corde retenant un grand filet suspendu à un arbre. Mais Sammy et Scooby se prennent les pieds dans la corde et sont propulsés dans les airs.

— Oh non! s'écrie Daphné.

Puis le filet tombe et prend les vampires au piège en les soulevant du sol.

Toujours accroché dans les airs, Scooby leur tire la langue.

— Bravo, Daniel! dit Fred.

Il regarde les vampires coincés à l'intérieur du filet, tandis qu'un koala leur lance des brindilles.

— Ouais, dit Sammy. J'ai bien cru que rien n'arrêterait ces vampires.

— C'est parce que ce ne sont pas de vrais vampires, dit Véra.

Elle brandit la photo qu'elle a prise au moment où les vampires enlevaient les Hex Girls.

— Si c'étaient de vrais vampires, ils ne paraîtraient pas sur la pellicule.

Jasper arrive à la hâte.

— Quel beau travail! dit-il. Vous avez capturé ces vampires.

— Nous allons finalement savoir quel sort ont subi les participants du festival, dit Daniel.

— Exact, dit Véra. Nous avons d'abord pensé que les Mauvais Présages étaient derrière toute cette histoire, mais lorsqu'ils ont disparu, il a bien fallu reporter nos soupçons sur quelqu'un d'autre.

Pendant que Véra fournit ces explications, Fred glisse un tuyau d'arrosage près du filet et se met à arroser les vampires, qui ont maintenant le visage découvert. L'eau dissout le maquillage et dévoile leur identité.

Et c'est la surprise générale!

Chapitre 17

— **J**e n'en reviens pas! dit Daniel. Les Deux Dégingandés!

Effectivement, Harry et Barry se trouvent pris dans le filet!

— Voilà deux vampires, dit Daniel. Mais qui est le troisième?

Fred défait le nœud et laisse tomber le filet sur le sol. Lorsque les vampires parviennent à se libérer des mailles du filet, on reconnaît aisément le troisième.

— Ru'rell! dit Scooby.

— Russell! répète Daniel, incrédule. Tu étais mon associé! Ça n'a aucun sens!

Russell, Barry et Harry se lèvent et sortent du filet.

— Nous ne disons rien! ordonne Russell à Harry et Barry, avant que l'un d'eux ait le temps de parler.

— Très bien, dit Fred. Alors, c'est nous qui allons tout dévoiler et nous viendrons quand même à bout de cette énigme.

Véra s'avance.

— Il nous a fallu un certain temps pour recoller les pièces du casse-tête, dit-elle. Lorsque nous avons vu

Jasper se lier d'amitié avec les Deux Dégingandés, nous avons cru que c'était peut-être lui, le troisième vampire.

— Moi? s'étonne Jasper. Je ne pourrais jamais porter tout ce maquillage. J'ai l'épiderme bien trop sensible!

Il se frotte le visage.

— Mais vous étiez l'agent des Mauvais Présages, dit Véra. Nous pensions que vous et les Deux Dégingandés utilisiez leur maquillage pour imiter l'allure glam rock de Wildwind.

— Nous avons également inspecté votre caravane, mais vous n'y étiez pas, dit Fred.

— Mais ce n'est pas un crime! dit Jasper en levant les mains. D'accord, d'accord, j'avoue. Je n'étais pas dans ma caravane parce que j'étais allé proposer mes services d'agent artistique aux Hex Girls. Et je ne voulais pas que les Mauvais Présages soient au courant.

— Mais ça n'explique pas pourquoi vous possédez les costumes de Wildwind, dit Daphné.

— Wildwind est le groupe le plus formidable avec lequel j'ai travaillé. J'ai conservé tous ces costumes en souvenir des bons moments que nous avons passés ensemble. Et j'aimerais bien savoir ce qui est arrivé à ces trois malheureux garçons, ajoute-t-il en soupirant.

— Pourquoi ne pas le leur demander vous-même? propose Fred.

Fred, Véra et Daphné s'avancent vers Harry, Barry et Russell, et retirent le masque qui recouvre le visage de... chacun des membres de Wildwind!

— Ce n'est pas possible! s'exclame Jasper. Wildwind… vous êtes vivants!

— Dis donc, chuchote Sammy à l'oreille de Scooby, je n'y comprends rien, moi!

— R'oi r'on plus! dit Scooby.

Lightning Strikes prend la parole.

— Nous aurions dû gagner le concours, l'année dernière. Mais comme nous n'avons pas gagné, nous avons décidé de disparaître.

— Nous avons cru qu'une disparition mystérieuse pourrait favoriser notre carrière, explique Stormy Weathers.

— Nous avons escaladé les rochers en utilisant notre matériel d'escalade. Puis nous nous sommes mis à travailler dans la caverne qui nous servait de studio d'enregistrement et nous avons répété sans relâche pour revenir en force cette année au Festival de musique du roc du Vampire, poursuit Lightning Strikes.

— Mais nous nous sommes finalement souvenus que les règles du concours ne permettent pas de se présenter une deuxième fois, ajoute Dark Skull avec tristesse.

Fred hoche la tête.

— Et puis vous avez trouvé une façon de contourner le règlement en vous assurant de gagner le concours de cette année, dit-il.

— Puisque Dark Skull tenait déjà le rôle de Russell, Stormy Weathers et Lightning Strikes sont devenus les Deux Dégingandés, un groupe qui n'avait jamais participé au concours, continue Daphné.

Véra parle à son tour :

— Profitant de la légende locale qui entoure Wildwind, vous vous êtes tous les trois déguisés en vampires. Et vous vous prépariez à enlever tous les autres groupes qui feraient partie du concours afin d'assurer la victoire des Deux Dégingandés.

— Mais ce ne sont pas les Deux Dégingandés que le public aurait vus à la fin du concert, poursuit Fred. C'est Wildwind, qui aurait chanté pour la première fois depuis l'année dernière.

— Le groupe comptait sur ce coup d'éclat au festival pour lancer sa carrière, complète Véra.

Daniel fait un signe affirmatif.

— Je commence à comprendre, dit-il.

Sammy semble toujours aussi décontenancé.

— Mais si ce ne sont pas des vampires, comment s'y prenaient-ils pour voler?

Scooby imite le vol des vampires. Il semble tout aussi perplexe que Sammy.

— Ils ont utilisé leur matériel d'escalade, explique Fred. Ils l'ont caché dans les arbres près de la scène, de manière à pouvoir descendre et enlever les participants.

— Et ils se sont servis du même matériel pour donner l'impression qu'ils volaient vers le roc du Vampire, ajoute Véra.

— Tout ça est très intéressant, dit Jasper, mais quelqu'un peut-il m'expliquer où se trouvent les Mauvais Présages?

Fred fronce les sourcils.

— Cela fait partie des réponses que nous n'avons pas, dit-il.

Lightning Strikes prend alors la parole :

— Nous leur avons offert, à eux et à Matt le Merveilleux, un voyage de plongée au récif de la Barrière de corail.

— Tous frais payés, ajoute Stormy Weathers. Ils étaient enchantés!

— Finalement, nous n'avons enlevé personne, conclut Dark Skull.

— Et les Hex Girls? Elles ne vous faisaient pas concurrence, dit Véra.

— Mais *vous*, oui, répond Stormy Weathers.

— Nous savions que vous partiriez à leur recherche et que cela nous donnerait la chance de vous éliminer aussi, explique Dark Skull.

— Où sont les Hex Girls, à présent? demande Fred.

— Pas de panique! lance Thorn de la coulisse. Nous sommes en grande forme!

Thorn, Luna et Dusk s'avancent, en compagnie de Malcolm.

— Ces horribles types nous ont emmenées jusqu'à leur repaire, à l'intérieur du roc du Vampire, raconte Luna.

— Ils nous offraient un voyage gratuit si nous acceptions de nous retirer du festival, mais nous avons refusé, poursuit Dusk.

— Alors, ils nous ont conduites dans l'arrière-pays et nous ont abandonnées à notre sort, ajoute Thorn.

Fred hoche la tête.

— Ils savaient que nous allions partir à votre recherche et que nous n'hésiterions pas à renoncer à notre numéro pour vous retrouver, dit-il.

— Ainsi, il ne serait plus resté que les Deux Dégingandés pour participer au concours, dit Daphné.

— Euh… mais comment avez-vous retrouvé votre chemin jusqu'ici? demande Sammy aux Hex Girls.

— Nous, les filles, nous savons nous débrouiller, dit Dusk.

— Nous nous sommes échappées, puis nous avons erré dans l'arrière-pays jusqu'à ce que Malcolm nous trouve, explique Luna.

— À les voir vêtues de cette façon, j'ai cru qu'elles étaient des vampires, elles aussi! dit Malcolm.

— Il n'y a pas de vampires, grand-père, rappelle Daniel au vieil homme.

— Daniel a raison, monsieur Illiwara, dit Fred. Il est évident que les membres de Wildwind sont humains.

— Ils utilisaient de la fumée pour s'envoler sans qu'on puisse apercevoir leurs cordes d'escalade. Vous nous avez d'ailleurs aidés à découvrir leur stratagème, monsieur, dit Véra.

— C'était de la fumée de gommier rouge, dit Daphné. Elle dégageait une odeur sucrée comme vos signaux. C'est ce qui nous a mis la puce à l'oreille.

Sammy commence à saisir.

— Ah, et c'est pour ça, aussi, que nous avons trouvé

sur la scène cette empreinte de botte qui provenait d'un gommier rouge!

Un doute subsiste dans l'esprit de Malcolm.

— Mais comment expliquez-vous le Yowie Yahoo?

— Nous avons aussi la solution de cette énigme, dit Fred.

Véra acquiesce.

— Les membres de Wildwind ont passé toute l'année à perfectionner leur numéro à l'intérieur du roc du Vampire. Ils maîtrisent parfaitement l'art des effets spéciaux, dit-elle.

— Ils se sont servis d'un projecteur de diapositives pour créer une image géante du Yowie Yahoo et ont utilisé leur autre matériel pour ajouter du feu, du vent et des explosions, poursuit Fred. Tout cela rendait l'apparition plus réelle.

— Comme le Yowie Yahoo n'était qu'une projection, le reflet du soleil sur la médaille de Scooby a suffi à le faire disparaître. Pas vrai? dit Sammy.

— Exactement, dit Fred.

Véra gratte Scooby derrière l'oreille.

— Grâce à Scooby, nous avons pu résoudre l'énigme.

Malcolm semble mal à l'aise.

— Mes croyances au sujet de la légende du vampire ont nui à ton spectacle, Daniel. Je suis désolé.

— Wildwind nous a tous trompés, grand-père, dit Daniel.

— Et nous nous en serions très bien sortis si vous ne

vous étiez pas mêlés de tout ça, vous, les p'tits fouineurs, dit Dark Skull.

Daniel se tourne vers les cinq amis.

— Hé, dit-il, puisque tous les autres groupes du concours sont éliminés, vous devenez les gagnants!

Véra a soudain la gorge serrée.

— Est-ce que ça signifie ce que je pense?

Chapitre 18

Le Festival de musique du roc du Vampire reprend vie à la nuit tombante. Debout sur la scène, Daniel fait face à la foule. Derrière lui, le rideau est baissé. Il saisit le microphone.

— Et maintenant, je vous prie d'accueillir les P'tits Fouineurs, accompagnés de leurs amies, les Hex Girls!

Les spectateurs sont en délire dès la levée du rideau. Fred est à la guitare, Daphné au clavier et Véra au micro. Sammy sautille en grattant sa basse et Scooby s'occupe de la batterie. Tous ont beaucoup de style dans leurs costumes de vedettes rock. Les Hex Girls, également sur scène, forment le chœurs.

— Les P'tits Fouineurs? lance Daphné à Fred pendant qu'ils jouent les premières mesures de leur chanson.

Fred hausse les épaules.

— Ça me convient assez! répond-il en souriant.

Véra se met à chanter. Elle est d'abord un peu intimidée, mais elle semble plaire aux spectateurs et ne tarde pas à retrouver son aplomb. Elle chante finalement d'une voix puissante, tandis que les autres jouent à fond derrière elle.

Pendant que le groupe présente son numéro, une énorme pleine lune monte au-dessus du roc du Vampire. Assis au sommet d'une falaise, le chef de meute des dingos observe le gros disque scintillant. Puis il laisse échapper un hurlement.

Scooby l'entend. Il hurle à son tour en tapant sur les percussions.

— Scooby-Dooby-Doo!